用愛心說實話

文/派翠西亞·麥基撒克
圖/吉絲莉·波特
譯/宋珮

和英文化

成長系列

develop

用愛心說實話

作者◎派翠西亞‧麥基撒克
繪者◎吉絲莉‧波特
譯者◎宋珮

總編輯◎周逸芬
編輯◎程如雯
美編◎邱怡佳　江蕙宇　羅硯文

發行人◎周逸芬
出版者◎和英文化事業有限公司
‧竹北市嘉政九街38號
　Tel: 03-6670189　Fax: 03-6670289
‧新竹市建中路140號
　Tel: 03-5730806　Fax: 03-5730902
郵撥◎50135258
(戶名：和英文化事業有限公司)
www.heryin.com　www.tuhuashu.com
heryin@heryin.com
定價◎新台幣350元
ISBN◎978-986-6608-80-3
初版一刷2015年5月

和英文化

　　莉莉急急忙忙的跑出門，衝下台階。這時候，媽媽從窗口叫住她：「『老領班』餵了沒有？」

　　莉莉在門口停了下來，回答說：「餵了！」這句話才說完，她自己都覺得好驚訝，謊話竟然這麼容易就說出口，就像是塗了熱奶油一樣滑溜。

媽媽正在縫製華小姐的結婚禮服，她放下工作，走了出來。莉莉低下頭，不敢看媽媽的眼睛。
「真的嗎？不可以說謊！」媽媽嚴屬的說。

莉莉正想解釋，但是媽媽舉起食指，要她閉口。
「莉莉，我再問一次，你餵了『老領班』沒有？」

莉莉覺得自己的胃很不舒服，不停的翻騰。她的眼睛泛著淚光，下唇不停的顫動。最後，她深深的吸了一大口氣，用力嚥下口水，坦白的承認：
「我打算和露西跳完繩以後，再去餵牠。」

　　因;為ㄟ沒;有ㄧ餵ㄟ「老ㄌ領ㄌ班ㄅ」，媽ㄇ媽ㄇ不;准;莉ㄌ莉ㄌ去;找;露ㄌ西ㄒ玩;，而ㄦ且;因;為ㄟ說;謊;，所;以ㄧ這;一ㄧ整;天;她;只;能;待;在;門;廊;上;。雖;然;媽ㄇ媽ㄇ的;處;罰;是;雙;倍;的;，莉ㄌ莉ㄌ還;是;覺;得;心;裡ㄌ舒;服;多;了;。這;是;她;第ㄉ一ㄧ次;對;媽ㄇ媽ㄇ說;謊;，也;是;最;後;一ㄧ次;了;。

　　她;想;：「從;今;以ㄧ後;，我;只;說;實;話;。」

於山是戸，莉ㄌ莉ㄌ決ㄐ定ㄉ只ㄓ說ㄕ實ㄕ話ㄏ，
就ㄐ從ㄘ禮ㄌ拜ㄅ天ㄊ早ㄗ上ㄕ開ㄎ始ㄕ。

布來鎮上的所有孩子，都在小教堂外集合，等著上主日學。好多孩子都圍在露西身邊，讚美露西的新裙子和她那頂顏色很搭配的新帽子。莉莉踏著輕快的步伐經過，愉快的和大家打招呼：「大家早！露西，早！我好喜歡妳的新衣服，真漂亮……不過你的襪子上有個洞。」

一下子，所有的目光都從帽子、裙子轉移到破洞上。而莉莉則跳上臺階，一點兒也沒注意到她最好的朋友臉上受傷的表情。

禮拜結束後，莉莉和往常一樣邀請露西一起回家。露西瞪著她說：「不要，不要，就是不要！」

　　莉莉很驚訝，「我做了什麼？」

　　「你讓所有的人都知道我的襪子上破了一個洞。」

　　「那是實話呀！」莉莉大聲的說，她對自己做的事很滿意。

　　「你就是故意的！」露西說完，連忙掉頭離開。

　　莉莉一面走回家，一面把這件事前前後後想了又想，直到踏上家門前的台階，也還是想不通。

第二天早晨，莉莉和一群朋友一起去上學。
小威問莉莉：「妳的地理作業寫好了沒？」
　　她回答：「簡單極了！」
　　小威搖搖頭說：「我不覺得，我根本不懂，
所以沒寫。」

剛上課，莉莉就舉起手。「我，老師，我，我，
老師！」等老師叫她說話時，她大聲宣佈：
「小威沒有『弄』地理作業。」

　　老ㄌㄠˇ師ㄕ糾ㄐㄧㄡ正ㄓㄥˋ她ㄊㄚ：「是ㄕˋ沒ㄇㄟˊ有ㄧㄡˇ『做ㄗㄨㄛˋ』作ㄗㄨㄛˋ業ㄧㄝˋ。」

　　「是ㄕˋ的ㄉㄜ˙，老ㄌㄠˇ師ㄕ，他ㄊㄚ沒ㄇㄟˊ做ㄗㄨㄛˋ。」莉ㄌㄧˋ莉ㄌㄧˋ得ㄉㄜˊ意ㄧˋ的ㄉㄜ˙說ㄕㄨㄛ。

　　小ㄒㄧㄠˇ威ㄨㄟ對ㄉㄨㄟˋ著ㄓㄜ˙莉ㄌㄧˋ莉ㄌㄧˋ做ㄗㄨㄛˋ了ㄌㄜ˙一ㄧˊ個ㄍㄜˋ鬼ㄍㄨㄟˇ臉ㄌㄧㄢˇ，當ㄉㄤ他ㄊㄚ走ㄗㄡˇ向ㄒㄧㄤˋ老ㄌㄠˇ師ㄕ桌ㄓㄨㄛ前ㄑㄧㄢˊ解ㄐㄧㄝˇ釋ㄕˋ時ㄕˊ，還ㄏㄞˊ低ㄉㄧ聲ㄕㄥ的ㄉㄜ˙對ㄉㄨㄟˋ莉ㄌㄧˋ莉ㄌㄧˋ說ㄕㄨㄛ：「妳ㄋㄧˇ為ㄨㄟˋ什ㄕㄣˊ麼ㄇㄜ˙要ㄧㄠˋ打ㄉㄚˇ小ㄒㄧㄠˇ報ㄅㄠˋ告ㄍㄠˋ？」

　　莉ㄌㄧˋ莉ㄌㄧˋ也ㄧㄝˇ壓ㄧㄚ低ㄉㄧ聲ㄕㄥ音ㄧㄣ，並ㄅㄧㄥˋ且ㄑㄧㄝˇ語ㄩˇ氣ㄑㄧˋ堅ㄐㄧㄢ定ㄉㄧㄥˋ的ㄉㄜ˙回ㄏㄨㄟˊ答ㄉㄚˊ：「我ㄨㄛˇ只ㄓˇ是ㄕˋ說ㄕㄨㄛ出ㄔㄨ實ㄕˊ話ㄏㄨㄚˋ呀ㄧㄚ˙！」然ㄖㄢˊ後ㄏㄡˋ她ㄊㄚ把ㄅㄚˇ雙ㄕㄨㄤ手ㄕㄡˇ規ㄍㄨㄟ矩ㄐㄩˇ的ㄉㄜ˙放ㄈㄤˋ在ㄗㄞˋ腿ㄊㄨㄟˇ上ㄕㄤˋ。

在吃午餐之前，莉莉又說了一大堆實話。她讓大家想起聖誕節演出當天，黛西忘了台詞，在所有家長面前大哭的事。

她ㄊㄚ告ㄍㄠˋ訴ㄙㄨˋ大ㄉㄚˋ家ㄐㄧㄚ安ㄢ安ㄢ偷ㄊㄡ摘ㄓㄞ史ㄕˇ小ㄒㄧㄠˇ姐ㄐㄧㄝˇ樹ㄕㄨˋ上ㄕㄤˋ的ㄉㄜ桃ㄊㄠˊ子ㄗˇ，挨ㄞˊ了ㄌㄜ一ㄧ頓ㄉㄨㄣˋ打ㄉㄚˇ的ㄉㄜ事ㄕˋ。

她ㄊㄚ也ㄧㄝˇ告ㄍㄠˋ訴ㄙㄨˋ全ㄑㄩㄢˊ班ㄅㄢ同ㄊㄨㄥˊ學ㄒㄩㄝˊ阿ㄚ德ㄉㄜˊ沒ㄇㄟˊ錢ㄑㄧㄢˊ吃ㄔ午ㄨˇ餐ㄘㄢ，得ㄉㄟˇ向ㄒㄧㄤˋ老ㄌㄠˇ師ㄕ借ㄐㄧㄝˋ錢ㄑㄧㄢˊ。

到了放學的時候，幾乎沒有人願意和莉莉說話。

同學們都不等她就回家，她問他們：「為什麼生我的氣？」

回家的路上，莉莉的胃又開始翻騰，就像她說謊時一樣。她不懂為什麼會這樣？「我答應過媽媽，不論實話多麼令人難受，還是要說。」她悶悶不樂的想，「我沒有做錯呀。」

不知不覺中，莉莉走到了白太太家。她的小屋上爬滿了藤蔓。白太太手上搧著一把折扇，坐在搖椅上，搖啊搖的。她和莉莉打招呼，聲音像唱歌一樣：「你好呀！莉莉，怎麼啦？這麼好的天氣，為什麼垂頭喪氣呢？」

莉莉馬上說出了困擾她的事：「說實話有錯嗎？」

白太太把扇子搧得更快了，她回答：「哦，不！說實話總是不會錯的，我們要永遠、永遠都說實話。」

莉莉說：「我也是這麼想。」她放心的笑了。

白太太把身子探出院子的圍籬，從長滿院子和房子的藤蔓上摘下一朵花，問莉莉：「妳不覺得我的花園很漂亮嗎？」

莉莉想了一會兒，通常她會回答：「是啊！」免得人家覺得她沒禮貌，但是那並不是實話。於是，她努力的用禮貌的語氣回答：「白太太，老實說，您的花園看起來很……很亂，到處都是藤蔓和雜草。」

白ㄅㄞ太ㄊㄞ太ㄊㄞ氣ㄑㄧ呼ㄏㄨ呼ㄏㄨ的ㄉㄜ說ㄕㄨㄛ：「我ㄨㄛ可ㄎㄜ不ㄅㄨ這ㄓㄜ樣ㄧㄤ想ㄒㄧㄤ！」

莉ㄌㄧ莉ㄌㄧ懇ㄎㄣ求ㄑㄧㄡ她ㄊㄚ：「別ㄅㄧㄝ生ㄕㄥ氣ㄑㄧ嘛ㄇㄚ！」

但ㄉㄢ是ㄕ已ㄧ經ㄐㄧㄥ太ㄊㄞ遲ㄔ了ㄌㄜ。白ㄅㄞ太ㄊㄞ太ㄊㄞ衝ㄔㄨㄥ進ㄐㄧㄣ屋ㄨ子ㄗ，

砰ㄆㄥ的ㄉㄜ一ㄧ聲ㄕㄥ甩ㄕㄨㄞ上ㄕㄤ了ㄌㄜ門ㄇㄣ。

SEWING MACHINE

NEEDLES + PINS

雖然媽媽正忙著為華小姐的結婚禮服做最後的修整，她還是騰出時間傾聽莉莉的難題。

　　「我覺得好難過，我的朋友都『再不』喜歡我了。」

　　媽媽說：「喔！他們『不再』喜歡妳了啊！」

　　「是啊！他們都不喜歡我，只因為我說實話，」說著嘆了好長的一口氣。

　　媽媽拿給她一根針，要她幫忙穿線，然後溫柔的問她：「妳確定他們是因為妳說實話才生妳的氣？」

　　莉莉說：「對呀，當我告訴老師小威沒有寫作業時，小威氣得瞪我。當我說白太太的花園很雜亂時，她憤怒得不得了。」

　　媽媽笑了。「喔，我懂了。」她放下了手上的工作，握住莉莉的手，說：「有時候，說實話的時機不對，方法不對，或者說的理由不對，可能會讓人傷心，但是用愛心說的實話永遠不會錯。」然後，媽媽繼續縫紉的工作。

莉莉走向穀倉，一邊餵「老領班」吃草、喝水，一邊努力的思考媽媽的話。這時，華小姐悠閒的穿越了田野，從穀倉旁邊經過，正要來家裡，最後一次試穿她的結婚禮服。

　　她看到莉莉在為「老領班」刷毛，立刻大聲的笑了起來，搖著頭說：「那匹老馬不中用了，我猜牠一塊錢都不值。」說著就往屋子走去。

「妳不可以這麼說『老領班』」，莉莉在後面大喊。她張開雙臂抱住了馬脖子。她知道「老領班」再也不像從前一樣是拉車好手了，但是華小姐何必故意提這些呢？

莉莉想起自己說實話的事，突然間，媽媽的話像水晶一樣清楚了。

第二天，莉莉在上學路上，看見她的同學，她上前趕上了他們。她對露西說：「妳的襪子上是有個洞，不過我應該小聲的告訴妳，而不是喊出來讓每個人都知道，對不起。」

露西笑說：「妳終於懂了。」

莉莉也向小威道歉：「我應該讓你自己告訴老師作業的事，我那樣做對你不公平。況且，當初又沒有人問我。」

小威跟著說：「沒關係，你願意教我寫地理作業嗎？」

莉莉說：「沒問題。」

之後，莉莉和每個因她說實話
而受傷的人都道歉了。

但是，還有一個人。

放學回家時，她先到了白太太的家。白太太正在前院，趴在地上拔花，剷除藤蔓。白太太看到莉莉，她先用手背擦了擦額頭，露出滿臉笑容。

莉莉說：「如果昨天傷了您的心，我很抱歉。」

「莉莉，其實妳說得對，這個地方實在亂得不像話了。」白太太回答。

「可是您生我的氣了。」

白太太揮了揮手，說：「實話往往像藥一樣苦口，但是如果用甜甜的愛心調味，就好喝多了。」

　　莉莉這下真的懂了，她拿起一把鐵鍬，開始幫白太太的忙。

　　她說：「現在這裡看起來真不錯！」這的確是用愛心說的實話。

Do Re Fa La So.

X

X

X

ol Boss

3 + 27 =

5 + 25 =

7 +

Libby +

Me

4 ÷ 2

MIZ J.